AF619937

OLINTO MORI

CAMPIONE D'EUROPA

La mente dell'uomo è così poca cosa che tanto gli sfugge, comprende solo dell'immensità del creato cerca una risposta a eventi più grandi di lui, ma poi si arrende schiacciata dai limiti di una esistenza piccina.

Dedicato a Mario……

PREFAZIONE

Un racconto fatto di cuore e di tanta passione dove la storia di un giovane si intreccia con quella di un vecchio e di una splendida moto, in una strana alchimia.

Momenti rubati al giorno per essere donati alla notte.

Un sogno tra gioia e dolore, passaggio continuo di testimonianze di vita vissuta per dare un senso alla vita e per tramandare la storia.

Un racconto fatto di buio, ma anche di luce, raccontato, in gran parte, dal vecchio con parole semplici di un contadino, parole dialettali ma vere, nate dal cuore.

Un giovane ascolta, ride, piange, vive anche lui nella storia del vecchio, precipita nel buio totale per poi ritrovare una luce splendente.

La moto lega gli eventi, intreccia la storia .....sconvolge gli animi.

Olinto Mori

CAMPIONE D'EUROPA

CAPITOLO 1

Il paese era piccolo, fatto di case di pietra e vicoli stretti.

La notte era buia e nuvole nere coprivano a tratti la falce della luna.

I vecchi lampioni di ghisa emanavano una luce giallastra che allungava le ombre delle cose sui muri.

Avevo percorso a piedi una strada dimessa che, dopo un dolce vallino, si impennava su sassi scoscesi.

Non sapevo neppure io il motivo per cui mi trovavo in quel luogo, avevo camminato delle ore frugando nel buio di una notte d'inverno.

Adesso mi trovavo in un paese arroccato sul monte.

Forse volevo scappare dal mondo, dall'ipocrisia della gente o forse volevo riprendere la mia dimensione di uomo schiacciato dalla vita e in cerca di un sogno.

Nella piazza della chiesa si affacciavano balconi adorni di fiori e da lì si ripartivano vicoli stretti.

Sulla soglia di una casa qualcuno aveva messo ciottoli di latta con dentro cibo per gatti che, vedendomi, mi ronzavano intorno alle gambe con la coda ritta in cerca di una carezza, di un gesto d'affetto.

Alte statue scolpite nella pietra serena, facevano bella mostra ai lati del grande portone della piccola chiesa.

Avevano il volto mangiato dal tempo, gli occhi, solo impercettibili, sembravano chiusi, una mano mancava e negli anfratti più stretti si vedeva apparire del muschio.

Erano belle, fiere sentinelle della piccola chiesa, nel pesante materiale sembravano avessero trovato un loro movimento, una loro irreale esistenza.

Rappresentavano dei santi con in mano il rosario, ma una aveva dei fori sul petto come pallottole conficcate nel corpo.

<<No! Nessuno avrebbe avuto il coraggio di sparare contro una chiesa, contro il simbolo stesso di pace e fratellanza!>>, mi ritrovai a pensare, ma poi mi ricordai che l'uomo, nella sua storia aveva fatto anche cose peggiori e scossi la testa.

Le pietre della piazza si stendevano anche lungo la strada maestra.

Vecchie insegne, di negozi chiusi da anni, adornavano i muri.

Mi ritrovai a guardarle con particolare attenzione.

Una scritta in oro su vetro ricordava che quella era stata la bottega di un calzolaio, mentre l'altra incisa sul marmo riportava la scritta " barbiere".

Vi era anche la "Casa del Popolo" ma anch'essa era chiusa chissà da quanti decenni, era rimasta una sedia appoggiata alla porta ed un tavolo zoppo era appoggiato al muro.

Sembrava un mondo sopito, si respirava un'aria di luogo dismesso dall'uomo e anche da Dio, ma dietro le persiane si intravedevano luci, i fiori erano verdi, le scale della chiesa pulite, in una sua dimensione il paese esisteva.

I miei passi rimbombavano sordi per i vicoli stretti ed io camminavo piano pauroso di fare rumore, mi sentivo un estraneo e non volevo dare disturbo.

Su un muro erano stati attaccati decine, forse centinaia di annunci mortuari, i nuovi erano stati soprammessi a quelli più vecchi, creando uno spessore di carta impastata con colla.

L'umidità della notte aveva rigonfiato la carta che, sotto al peso, si era staccata dal muro finendo per terra.

Sembrava "il muro del pianto", sembrava "una fossa comune" e dava tristezza, sembrava la mancanza di ogni rispetto per le persone defunte, ma erano solo manifesti di carta.

Una piccola nicchia era stata scavata sulla parete di un vecchio palazzo e dentro vi era una Madonna con le mani racchiuse in preghiera.

Qualcuno l'aveva adornata con fiori recisi, infilati in un bicchiere di vetro.

Accanto una lapide di marmo bianco riportava scolpiti i nomi dei caduti in battaglia.

Li lessi uno ad uno ponendo particolare attenzione alle data di nascita e a quelle di morte.

C'erano i nomi di uomini morti, ma anche quello di bambini scomparsi in tenera età.

Rimasi colpito nel vedere che uno di loro aveva solo tre anni.

Un brivido freddo mi percorse la schiena, mi feci il segno della croce e a modo mio pregai anche per lui.

I vicoli erano sempre più stretti e più bui, gli scalini erano mangiati dal tempo, gli archi sostenevano enormi vecchi palazzi, pietre granitiche sembravano infilzate nel suolo come enormi pugnali, come lance scagliate da un Dio e un demone sempre in lotta tra loro.

Il vento soffiava, alitava piano e faceva *ruzzolare* le foglie morte per terra ed io camminavo nel silenzio totale.

Non era notte profonda, ma dalle case non giungeva rumore, né un televisore acceso, neppure una radio, eppure vi era vita all'interno di quelle case.

Un gatto nero mi attraversò la strada ed io mi ritrovai a sorridere della mia superstizione, sapevo che era una cosa stupida, ma cambiai direzione.

Ancora vicoli stretti, archi, scalini, un labirinto dal quale sembrava difficile uscire.

In fondo alla strada si intravedeva la luna, sembrava appoggiata dolcemente sui tetti ed io, con le mani dietro alla schiena, mi ritrovai a guardarla con l'amore, con la gioia, con l'entusiasmo di quando ero bambino.

Ricordo che l'aria era fredda mentre guardavo la vallata sotto il paese, mi rannicchiavo sotto il *giacchetto* di pelle, il calore del mio stesso respiro mi dava sollievo alle mani.

Erano ore che passeggiavo senza incontrare nessuno, intuendo della presenza degli altri, ma senza incontrarli.

D'altronde era inverno, il freddo pungeva e dai camini delle case si vedeva uscire il fumo.

Con un sentimento strano, misto di tristezza e di gioia, ripresi il cammino in salita per tornare alla piazza.

Dietro un angolo notai una vecchia bicicletta con i freni a bacchetta appoggiata *all'uscio* di casa.

La osservai affascinato, aveva ancora la sella di cuoio e le manopole in osso.

I vecchi copertoni dimostravano tutti i suoi anni e mi venne spontaneo pensare che un vecchio la usasse magari per andare al mercato o con la zappa legata alla canna per andare a zappare le viti.

Anche io nel garage avevo qualcosa di simile, ma la mia vecchia bicicletta era stata motorizzata con un motore *Mosquito* nel dopoguerra quando la gente voleva ripartire…. voleva riprendere a vivere.

Faceva parte anch'essa della mia collezione di cui andavo particolarmente orgoglioso.

Rimasi per lunghi momenti a guardarla incantato da un oggetto che per tanti poteva sembrare un ferro vecchio, ma che per me era molto di più.

La sua vernice nera era opaca, i cerchi delle ruote erano velati di ruggine, una dinamo era appoggiata alla ruota per dar luce ad un faro ovale con il vetro incrinato, i pedali logori, finiti, avevano pedalato per decine e decine di anni.

Aveva un suo fascino, se avesse potuto parlare, chissà quante storie di vita vissuta…

Anche gli oggetti vivono in un arco di tempo ed affrontano gioie e dolori come ognuno di noi , ma vi sono anche cose immortali, destinati a vivere sempre, o per lo meno così mi piaceva pensare.

Sorrisi alla bici prima di andare, poi guardai il cielo e seguii la scia di una stella cadente, mi sembrò cadere sui tetti.......che buffo !!

In realtà non aveva toccato neppure la terra.

CAPITOLO 2

Fu i n quel momento che il mio sguardo cadde sulla luce soffusa di un vecchio garage.

La lampadina, avvitata in un bocchettone di ottone, penzolava da un alto soffitto.

Il filo della corrente intrecciato seguiva le travi, in dei punti sembrava logoro, sfilacciato come mangiato dai topi.

Le pareti erano scavate nel tufo, non vi era regolarità negli appiombi, erano storte, graffiate da colpi di piccone.

Il cielo era sorretto da grandi travi nere corrose dai tarli e appoggiavano su improvvisati puntelli di legno.

Un arco a mattoni attraversava la stanza per ulteriore sostegno, il pavimento era in terra battuta sul quale erano state ammassate gabbie vuote per uccelli.

Il vecchio portone era aperto e sembrava dipinto per la centesima volta di verde, nella parte più bassa erano stati inchiodati pezzi di latta a protezione dell'acqua o forse per rinforzare il suo legno marcio.

In un angolo vi erano accatastate vecchie damigiane con la veste impagliata e la bocca tagliata.

Su una mensola a muro c'erano nudi fiaschi macchiati di gruma.

Un caratello era stato murato a cemento e vicino vi erano le *stoie* servite probabilmente per far vinsanto. Dai chiodi contorti inchiodati alle travi penzolavano *picce* di pomodori, reste di agli e mazzi di profumate cipolle.

I ragni sembravano starci di casa viste le enormi ragnatele tessute negli angoli, una di esse era colpita da un raggio di luce e proiettava l'ombra sul muro, un pallino nero scorreva svelto sui fili sottili per bloccare una povera mosca caduta nella sua ragnatela.

Un vecchio sedeva su una sedia di quelle fatte dai seggiolai che prima passavano per le campagne e facevano le sedie con pezzi di legno che modellavano con lunghi coltelli.

Poi le rivestivano con cura modellando i salci ammollati.

Il vecchio era lì seduto sembrava da sempre, aveva dei pantaloni celesti con grosse toppe alle ginocchia, una camicia a quadri con il collo ed i polsini macchiati di nero, calzava grosse scarpe infangate.

In testa teneva un cappello di paglia anch'esso domo, finito.

Aveva un aria dimessa con capelli bianchi sfumati di giallo, la barba era incolta e i suoi fili scendevano sul collo per unirsi ai peli del petto.

Mi dava la schiena ma intravedevo le sue mani, il suo volto, aveva rughe profonde, sembravano argilla screpolata dal sole.

La schiena era curva, stanca, le braccia si muovevano piano e tra le mani teneva una foto.

La teneva con cura nel palmo della mano sinistra e la osservava in una meditazione profonda, capivo che era un'immagine a lui molto cara.

Il vento adesso soffiava più forte, le foglie rotolavano impazzite guidate da un vento freddo che tagliava le guance.

Me ne stavo per andare quando il mio sguardo incrociò un vecchio cartello sgualcito inchiodato a una parete e il freddo di quella sera d'inverno cessò, il mio cuore iniziò a battere forte, il respiro si fece affannato e addirittura vampate di caldo mi invasero il viso.

<< La campione d'Europa ?? >> mi ritrovai a borbottare....il vecchio tremò sulla sedia, il suo stanco capo lentamente si alzò dalla foto e si girò verso me.

Aveva occhi profondi incassati dal tempo, ciglia bianche come i capelli e le rughe spezzavano i suoi lineamenti, la sua pelle sembrava la crosta di un vecchio cipresso.

Si passò la lingua sulle aride labbra prima di iniziare a parlare.

<< Si !! è la Campione d'Europa >> mormorò con un filo di voce.

<<Ma come !! voi avete avuto la Guzzi Campione d'Europa ?? >> chiesi eccitato all'uomo.

Lui notò i miei occhi brillare, la mia voglia di sentirmi raccontare la storia della moto più bella del mondo, ma rimase in silenzio.

Con piccoli passi mi avvicinai pian piano timoroso di dimostrare troppa invadenza.

Osservai con particolare attenzione il poster sgualcito.

Sopra alla splendida moto con il grande manubrio rivolto a terra vi era un giovane uomo, aveva una coppa tra le mani e al collo una corona d'alloro.

Sotto alla foto una dicitura ricordava la vittoria del pilota, con una moto esordiente, al Circuito del Lario.

Poi l'uomo riprese a parlare

<< Ero un giovane con mille speranze e tanta voglia di correre.....scappare....vivere in pieno i miei anni migliori ma erano anni difficili, mio padre lavorava in miniera e mia madre doveva accudire ad altri sei figli....io avevo vent'anni e il mio sogno era correre su quella splendida moto...>>

La sua voce era rotta, il capo si rifece pesante e lo sguardo riprese a guardare nel vuoto.

CAPITOLO 3

Ripeté.....

<<Avevo vent'anni...quando le urla della gente fecero eco nella vallata, era caldo ma sentii il sangue gelare consapevole che era accaduto qualcosa di grave.

Lasciai lì la falce *fenaia,* corsi sui fianchi della montagna, mi aggrappai con le mani alle pietre scoscese....avevo il fiatone e tremavo quando raggiunsi il centro abitato.

<< *E' crollata la miniera di rame* >> gridava una donna piangendo, la gente correva impazzita con in mano le pale, io rimasi immobile con il cervello in subbuglio........era una bella giornata d'estate ma io tremavo impaurito appoggiato a quel muro che mi dava sostegno....mia madre mi strinse una mano, lei non corse verso la vecchia miniera, lei sapeva....e ci abbracciammo in un pianto a dirotto.

Mio padre venne tirato fuori dalle viscere della terra solo dodici giorni più tardi, aveva i pantaloni zuppi di fango, la camicia a brandelli, il volto era di uno strano colore tra il nero e il viola , le sue mani callose, abituate a usare il piccone, avevano le dita schiacciate, rotte dai sassi di quella frana improvvisa.

Impressionante vedere quei corpi allineati, immobili, stesi sulle macerie in attesa di sepoltura>>.

<< Mi dispiace.....>>.

Seppi solo borbottare con un filo di voce rotta da tanta emozione.

<< La vita era dura nei campi io ero il fratello maggiore......il grano si seminava a mano e la terra si lavorava con i buoi.......le sorelle portavano al pascolo il gregge e la carne si mangiava di rado >>.

Sembrava la vita che mi raccontava mia nonna, addirittura le stesse parole, gli stessi scenari, gli stessi ricordi di una vita fatta di stenti, di profonda miseria, ma vissuta da uomini saggi e forti.

Dopo un lungo silenzio riprese il racconto.

<<Dopo un paio di giorni il padrone della cava ci fece chiamare, ricordo che indossava un elegante completo nero gessato, lucide scarpe e un cappello con la tesa su gli occhi, dal corpetto spuntava la catena di un orologio a cipolla.

Non ci fece entrare neppure in ufficio, non ci disse neppure una parola carina per darci conforto, ci dette con arroganza una busta con mille lire all'interno....ecco quanto valeva la vita di un uomo.

Mia madre le prese, le accartocciò tra le mani e le tirò con rabbia verso il padrone.

Lessi sullo sguardo di lui un momento di ira, ma fu lui ad abbassare lo sguardo per terra >>.

Ancora un lungo silenzio, era bello, anche se con risvolti drammatici, ascoltare la vita dell'uomo, mi aveva incantato con la sua calda voce, mi aveva stregato con i suoi occhi incassati e tristi e aspettavo con ansia che riprendesse a parlare ma l'uomo era stanco, sfinito dagli anni e turbato da certi ricordi, temetti di essere stato troppo invadente, gli balbettai <<arrivederci....a presto >>

e lui mi rispose con un mezzo sorriso che stese un po' le rughe del volto, poi me ne andai.

CAPITOLO 4

Il giorno seguente mi sembrava di vivere in un mondo irreale.

La mia mente annebbiata riviveva passo per passo i racconti del vecchio.

Mi sentivo un estraneo nel mio stesso mondo .

I gesti di sempre mi sembravano strani e tutto, adesso, aveva un sapore diverso.

La curiosità mi invadeva, mi avvolgeva come una fitta nebbia il paesaggio, volevo sapere, volevo capire, scoprire la fine di una esistenza ancora esistente.

Mi ritrovai a guardare con ossessione l'orologio, a contare le ore, i minuti, i secondi, mi ritrovai a invocare la sera e la sera mi ritrovai a percorrere svelto quella strada in salita che portava alla piazza del borgo.

Tutto era uguale, le statue guardavano la piccola chiesa, i lampioni emanavano la solita luce giallastra e i vicoli si dipartivano in quel labirinto stretto di case, per un attimo mi sentii smarrito, perso, ma poi rividi la luce soffusa e come un bambino curioso mi avvicinai con l'ansia di conoscere la fine di una fantastica fiaba.

Il vecchio era sempre li seduto sulla sedia malconcia, nulla era cambiato, sembrava un piccolo mondo sospeso nel tempo o forse parte di un'altra galassia.

Un'altra sedia era posta vicina a quella del vecchio e sembrava mi attraesse come una calamita sul ferro, come fossi un'ape attratta dai pistilli di un fiore, ed io, senza dire una sola parola, mi accomodai.

Sentii screpolare la sedia sotto al mio peso, ma era comoda e calda.

L'uomo sollevò lo sguardo dalla medesima foto poi mi guardò dritto negli occhi e mi sorrise con tanta dolcezza.

Compresi che sapesse che sarei ritornato, mi aveva addirittura preparato una sedia.

Mi sentii nudo, ai suoi occhi, prevedibile nel mio comportamento e ciò mi fece paura, ma non volevo avere paura di un uomo con gli occhi pieni di pianto.....mi dissi .

Adesso il cartello della Campione d'Europa mi era molto vicino e la potei guardare con molta attenzione, era bella nella sua pergamena giallastra, era bella la moto, futuristica per il 1928.

Il serbatoio dell'olio era posto su quello del carburante, sottili parafanghi coprivano a stento ruote di 21 , il manubrio *accivettato* ricordava le ali di un rapace in picchiata pronto a catturare una preda.

Il motore a cilindro orizzontale non usciva dai classici canoni della Moto Guzzi, ma aveva quattro valvole in testa e incuteva paura e rispetto agli avversari del tempo.

Era quella una moto di cui io avevo sentito parlare, avevo letto le imprese dei tanti successi su riviste dell'epoca.

Tutti esaltavano l' aquila di Mandello del Lario ed io, giovane collezionista, la consideravo la moto più bella dell'intero universo, per me era un sogno fatto di carta, di fumo, un sogno sfuggente, immateriale, un sogno destinato a un brutto risveglio.

Ma l'uomo era lì, lui aveva avuto la Campione d'Europa, era uno dei pochi che l'aveva potuta guidare ed adesso mi stava raccontando la sua splendida storia.

<<Lavorai di giorno e di notte, spaccai le pietre nei campi, per me non vi erano giorni di festa, ne domeniche e neanche Natali.

Questo per lunghi tre anni....

Le mie mani facevano sangue dove non vi erano calli, la mia schiena si piegava sotto il peso dei sacchi di grano, ma riuscii a guadagnare le 8.500 lire che servivano per comprare la moto....per risparmiarle mangiai pane secco inzuppato nell'acqua, uova di uccelli rubate nei nidi, e tante patate bollite quelle *bacate* logicamente perchè le migliori le vendevo al mercato.

Per tre anni non comprai pantaloni, i miei avevano toppe su toppe e ancora logore toppe, le mie scarpe sfondate le aggiustavo con solette di legno, mi rasavo da solo i capelli per risparmiare le 5 lire che prendeva il barbiere.

Non ricordavo neppure il sapore della carne, ne annusavo a volte il profumo dai miei vicini di casa>>.

Vedevo nelle parole dell'uomo uno spaccato di vita profondamente diverso da quella attuale dove tutto e scontato e niente e' sofferto.

Adesso la carne abbonda nei pasti di ognuno di noi, le scarpe si buttano via solo perchè passate di moda e nessuno vuole “spaccarsi la schiena”, il pane deve essere fresco, croccante e di bianca farina.

<< In una balla di juta avevo riposto il mio grande tesoro, lo portai alla banca e da li spedirono i soldi a Mandello del Lario >>

CAPITOLO 5

Come un bambino incuriosito ascoltavo l'uomo parlare.....

<<In una bella mattina d'autunno il treno a vapore entrò nella piccola stazione di Monte Oliveto sbuffando, non ricordo da quanto ero lì ad aspettarlo.

Il mio cuore batteva convulso, impazzito di gioia nel vedere una grossa cassa di legno che dei fattorini scaricavano dal vagone merci.

Sopra vi era dipinto un'aquila con le ali spiegate.

Era bella, era bella persino la grossa scatola in legno.

Con enorme fatica i fattorini la scesero piano, con cura forse anche loro sapevano del suo contenuto prezioso.

Mi aiutarono a caricarla sul mio carretto ed io la legai con molta attenzione, passai la corda davanti, dietro e poi ancora davanti e ancora una volta sul lato, avevo il terrore che mi potesse cadere e imbracai la cassa in una ragnatela di corde.

Le ruote del carretto cigolavano mentre io lo tiravo, avevano il cerchio di ferro e ogni piccola buca sembrava un grosso fossato.

La trainavo con enorme fatica tra valli e sentieri scansando le buche più fonde timoroso di fare dei danni.

Ogni tanto incrociavo dei contadini o delle ragazze che andavano a messa, mi guardavano e bisbigliavano piano parole che non giungevano alle mie orecchie.

Il fattore a cavallo si fermò sulla strada per lasciarmi passare e il prete in bicicletta mi guardò con aria aggricciata.

L'ultimo tratto era in forte salita ed io strinsi i denti, li sentivo stridere dentro di me, la mia fronte sudava e il mio cuore batteva sotto a uno sforzo tremendo, le gambe si impuntavano e i polpacci mi facevano male, ma raggiunsi la mia abitazione.

Per lunghe interminabili ore rimasi in garage a guardare la cassa, mi sentivo eccitato, estasiato da ciò che avrei visto all'interno, ma nello stesso tempo ne avevo timore.

Era notte profonda quando, con mani tremanti, presi coraggio ....>>

La voce dell'uomo sembrava rotta dal pianto, riviveva pienamente quegli attimi, quelle sensazioni, quei ricordi che erano rimasti indelebili dentro la sua mente e dentro al suo cuore.

<<Mio Dio quanto era bella con il suo colore rosso vinaccia , con le sue righe dorate e le aquile grandi ad ali spiegate, la osservavo pauroso, timoroso persino di toccarla, mi sentivo, con le mie mani callose, indegno solo di accarezzarla.

Dovettero passare dei giorni prima che mi decidessi a metterla in moto, poi un giorno misi benzina, riempii il serbatoio dell'olio, *zillai* il grosso carburatore, innestai la seconda e partii in discesa con la frizione tirata, appena lasciata il suo cuore ebbe un sussulto e iniziò a battere piano, tirai a me il *manetto* del gas e la moto esplose in un rombo possente, inconfondibile per l'armonia del suo suono, unico per le orecchie di un appassionato.

Il suo sembrava un battito fitto, sembrava il pulsare di un cuore meccanico, era bello....No !!! non era una semplice moto .

Le strade a quei tempi erano bianche e piene di buche, ma la Guzzi volava, volava sulle salite, volava nelle dolci vallate, volava sui lastricati dei paesi arroccati sui monti.

Quando passavo la gente si tappava le orecchie, i contadini, nei campi, si fermavano a guardare la nuvola bianca che mi lasciavo alle spalle.

Tutti mi davano strada, le biciclette accostavano, i cavalieri tenevano fermi i loro cavalli impauriti dal forte rumore ed io volavo nelle verdi campagne, come sotto alla pioggia o come nei rari inverni innevati.

Gli uccelli volavano via dalle piante quando passavo dai viali alberati e le foglie non osavano neppure cadere ....io con il vento le facevo vorticare e risalire nel cielo.

Ero un giovane libero e pieno di mille speranze che era riuscito, dopo tanta fatica, a trasformare un sogno in realtà.

Per me la mia moto era la cosa più bella del mondo, più bella del sole, dell'alba, di un dolce tramonto ....sarò pazzo, ma era una parte di me >>.

CAPITOLO 6

Gli occhi dell'uomo brillavano di una luce riflessa, rinata dai propri ricordi, il suo corpo sembrava meno pesante su quella misera sedia ed io osservavo ogni suo gesto e ogni gesto mi dava spunto per nuovi pensieri .

<< Chissà che fine avrà fatto la Guzzi >> mi ritrovai a pensare, fui persino tentato di chiederlo all'uomo, ma non parlai timoroso di intralciargli il discorso, timoroso di fargli perdere quella lucidità nel racconto, quella cronologia attenta e meticolosa della sua vita intrecciata con la vita della Campione D'Europa .

<< La domenica andavo a ballare nei paesini vicini con la mia Guzzi lustra e pulita, impiegavo ore a pulirla, passavo un *cencio* di lana sul serbatoio, ripulivo le ruote raggio per raggio e poi le ungevo con del grasso per non fargli prendere la ruggine .

Le gomme le lustravo con la cera da scarpe e la sella di cuoio l'ammorbidivo col lardo.

Io mi lavavo nel fiume, mi pettinavo i capelli e li inzuppavo di brillantina.

Avevo un paio di calzoni per la domenica, una camicia bianca e una cravatta che non sapevo portare.

La gente mi sentiva arrivare fin da lontano, poi appoggiavo la moto al muro di piazza e tutti si accalcavano vicino a guardarla, nessuno osava toccarla, forse anche loro si sentivano indegni di farlo o forse la consideravano uno splendido mostro caduto dal cielo........troppo difficile usarla.

Quando ripartivo i ragazzini facevano a gara per *pintarmi* per rimetterla in moto, la Campione d'Europa non aveva un cavalletto e si metteva in moto soltanto spingendo >>.

A dire il vero lo sapevo benissimo, ma finsi stupore.

<< La moto era prettamente da corsa e non aveva neppure il faro anteriore ....aspettavo che la luna fosse piena nel cielo e, per le bianche strade, con un filo di gas andavo da Maria a fare all'amore.

L'avevo conosciuta a ballare e avevo chiesto a sua madre di concedermi un ballo, l'avevo rivista a una festa di chiesa e mi ero innamorato di lei.

Era semplice con i suoi lunghi e neri capelli legati a crocchia sopra alla testa, con il suo vestitino grigio ricamato di fiori, aveva gli occhi neri e profondi , e labbra rosse e carnose .

Era una giovane donna in cerca di amore, forse in cerca di una vita migliore e il mio sguardo si perse nel suo.

A quei tempi usava chiedere l'amore ....<<*signorina mi vuole sposare*>> ?........e lei mi disse di si!

Adesso la sua voce si era fatta calda, i suoi occhi ripresero a brillare nel ricordo di un periodo fatto di poche ma splendide cose.

<<Ci sposammo nella chiesa di piazza, lei arrivò vestita di bianco con il padre al fianco.

Era esile, piccola ma a me sembrava una bambola di cui mi ero follemente invaghito.

<<*Giuratevi amore per tutta la vita* >> disse il prete e amore fu e fu per tutta la vita.

Tornammo in questa casa fatta di sassi dove sono nato e dove voglio morire >>.

Il capo si fece pesante, gli occhi si gonfiarono di lacrime che non volevano uscire, rimasi colpito da quanto l'uomo "parlasse" con gli occhi.

<< Dopo un anno nacque Martina, Maria la portava nei campi avvolta in un telo, le dava il latte appoggiata a un olivo e lei cresceva insieme al vitello, insieme a quei piccoli gatti randagi.

Era bella con i suoi folti neri capelli e gli occhi sfumati di verde, aveva rosee guance e un sorriso che spalancava anche il cuore più duro.

Appena iniziò a camminare entrava nei solchi che scavavo con l'aratro trainato dai buoi, io con la coda dell'occhio, la guardavo mentre lei inciampando seguiva i miei passi.

Spesso le mettevo una balla sul serbatoio dell'olio della moto e lei vi sedeva incastrata tra di me e l'enorme manubrio, si teneva alle mie braccia e rideva gioiosa mentre con la Guzzi correvo lungo i viali alberati.

Nella sua fantasia le sembrava di volare nel cielo a cavallo di quelle aquile stampate sui serbatoi.

Era bello vederla contenta, sentirla ridere con tutta la vita davanti, il vento le faceva volare i capelli legati con fiocchi di raso.... ....i vestiti glieli faceva la mamma e lei si spianava la gonna sopra alla balla con cura come una piccola donna.

Mia moglie ci guardava da lontano mentre noi si correva con la moto lungo la valle e anche lei gioiva nel vederci felici....... >>.

CAPITOLO 7

A Mario brillavano gli occhi.

<<Martina aveva una bambola fatta di pezza, con dei bottoni al posto degli occhi e dei fili di lana a mo' di capelli.

Quando andavamo in moto me la mettevo in una tasca della mia vecchia giacca, le tenevo fuori solo la testolina e Martina rideva........>>.

Adesso il racconto si era fatto conciso e a tratti convulso, una profonda tristezza lo aveva invaso e fatto sprofondare nel buio totale, non ebbi neanche il coraggio di pensare quale fosse il motivo.

Rividi nell'uomo la stessa angoscia, la stessa tristezza di quando mi aveva raccontato della morte del padre e ebbi timore di avergli fatto del male involontariamente. Avevo scavato nella sua passata esistenza riportando alla luce momenti gioiosi, ma anche momenti di estremo dolore, poi ripensai a quella foto che stringeva sempre tra le sue mani e compresi che certi dolori si portano nel cuore momento dopo momento, oramai facevano parte di lui come gli occhi infossati o come le rughe profonde.

La notte adesso era fredda e nel buio, mi stringevo dentro al *giacchetto* con le mani infilate nelle tasche profonde .

L'uomo era stanco, sembrava assopito o forse era solo bisognoso di vivere questi ricordi da solo ....abbozzai un saluto e pian piano ripresi la strada di casa.

Quella notte non riuscii a prendere sonno, mi rigiravo nel letto in un dormiveglia colmo di angoscia.

Davanti ai miei occhi si alternavano figure divine a figure spettrali.

Sudavo freddo mentre il mio volto bruciava.

Guardavo fisso il soffitto e vedevo gatti neri che mi attraversavano la strada, ma dal cielo cadevano stelle......forse avrei potuto anche io esprimere un desiderio.....chissà !

La mattina di buon ora, ancora prima dell'alba, scesi nel mio garage.

Decine di splendide moto d'epoca erano lì allineate, ognuna, ai miei occhi , aveva un suo fascino, una sua bellezza persino interiore.

Vecchie foto, in belle cornici, adornavano il bianco muro.

Giocattoli di latta, di quando ero bambino, erano posti con cura su mensole di fine cristallo.

Non c'era un filo di polvere, né un granello di sabbia per terra, non vi erano ragni attaccati al soffitto ....tutto era ordinato e pulito.

Guardai le moto una ad una, dalla bicicletta motorizzata *Mosquito* al *Cucciolo* della Ducati.

Una Balilla Torpedo, in doppia livrea nera e blù, mi guardava con i suoi grandi " occhi " cromati.

In un angolo sei moto francesi degli anni venti facevano sfondo a tre belle Guzzi.

Ognuna di loro, se avesse potuto parlare, chissà quante cose mi avrebbero raccontato e chissà quale strano destino ci aveva fatto incrociare .

Sapevo solo in parte la storia di ognuna di loro.

La *Normale* veniva da Genova, era stata ritrovata in pessime condizioni, ma l'amore di un uomo l'aveva riportata alla vita.

La *Tredici* era rimasta decine di anni ferma sotto un loggiato.

L'originale colore verde era stato imbrattato di un rosso vinaccia ed io impiegai anni per riportarla alla sua originale bellezza .

Ma io avrei voluto sapere ancora di più, avrei voluto conoscere ogni giorno della loro esistenza, avrei voluto vedere le facce dei proprietari e vivere insieme a loro l'entusiasmo di avere, in quegli anni, oggetti di così rara bellezza.

E' strano, illogico, incomprensibile o forse pazzesco, ma un appassionato di moto d'epoca non le considera solo oggetti, ma dona loro una elevazione da cose ad esseri in qualche modo viventi.

Un appassionato, con le proprie moto, ci parla siede su uno sgabello e le guarda estasiato, evita di toccarle, pauroso di poterle sciupare e quando deve usare un cacciavite o una chiave lo fa con dolcezza timoroso di fargli del male.

Mario mi stava raccontando la sua storia, ma nello stesso tempo mi raccontava anche quella della Campione d'Europa ed io ne ero stregato.

CAPITOLO 8

La curiosità stava diventando ossessione, voglia irrefrenabile di vivere nei racconti dell'uomo, ma nello stesso tempo avevo anche paura di tristi presagi e quella foto, che stringeva tra le mani, mi metteva angoscia, ma la sera seguente ero ancora nella piazza del piccolo borgo.

Rimasi per lungo tempo seduto su un muro a guardare la valle .

La falce della luna stava crescendo e un freddo vento spostava le nubi.

Adesso tutto sembrava avere una voce.

I vicoli fischiavano piano, le foglie venivano spazzate da raffiche fitte di vento .

Gli *scurini* delle vecchie finestre sbattevano forte e il loro rumore echeggiava lontano.

Anche le statue, ai lati del vecchio portone della chiesa, sembrava volessero dire qualcosa, sembrava di sentire una nenia di vecchie donne in preghiera .....ma forse era solo il soffio del vento.

Io guardavo come sempre la luna con le mani dietro alla schiena, era bella, lucente, inebriante anche in una brutta sera d'autunno.

Sembrava galleggiasse nel cielo, sembrava che da lassù ci guardasse e vedesse noi, piccoli esseri,che portano una croce più grande di loro, forse era l'occhio di Dio e di noi aveva pietà, Si!!!....era l'occhio di Dio a volte aperto e a volte chiuso, a volte ci guardava e a volte non ci dava la luce.

La luna creava le ombre e tutto pian piano si muoveva insieme alle nubi .....erano giochi di luce, ma tutto sembrava reale .

Le vecchie statue di pietra serena sembravano dame intenzionate a entrare in chiesa magari per recitare il rosario.

Le insegne venivano a tratti colpite da una fioca luce per poi ricadere nel buio.

Anche le ombre dei fiori, appesi ai balconi, assumevano aspetti irreali ricamando le facciate dei vecchi palazzi e donandogli una strana eleganza .

I balconi proiettavano ombre squadrate sul lastricato, in un gioco di forme geometriche.

Tutto sembrava avesse un senso, una sua dimensione in un paese apparentemente di morti.

Adesso i vicoli stretti erano diventati di casa, la Madonna, dalla sua nicchia, mi guardava mentre percorrevo veloce il selciato per poi rallentare davanti al marmo dei morti timoroso di fare troppo baccano, pauroso di dare fastidio ai defunti e di rompere quella strana, mistica atmosfera irreale .

Mario era lì, come sempre , come le statue davanti alla chiesa, come le colonne, gli archi, i sassi appuntiti.

Anche la sedia era sempre al suo posto, io mi sedetti e l'uomo riprese a parlare.

<<..... Erano anni duri, ma noi eravamo felici, mia moglie la mattina si levava alle cinque e badava alle bestie, io andavo a lavoro nei campi, Martina, dopo la scuola, aiutava la mamma nelle faccende di casa e poi imparava a cucire.

Avevamo sempre un pezzo di pane, lo facevamo da noi con la farina del grano, spesso ci veniva bruciato, ma era buono ugualmente.

La domenica a volte mangiavamo la carne .....era una vita fatta di poco, ma era il nostro piccolo mondo e noi eravamo felici.

Una volta all'anno andavamo alla fiera, era per noi un evento, una cosa alla quale ci preparavamo per tempo.

Maria si cuciva un bel vestitino per se e per Martina, lustrava le scarpe, si lavava con cura e si pettinava bene i capelli.

Io mettevo il vestito dei giorni di festa, quello gessato e con sotto il corpetto, mi facevo la barba e mettevo un profumo che non mi piaceva.

Vestiti bene e con la gioia nel cuore andavamo alla festa.

Decine di contadine portavano le bestie al mercato per farle vedere e per venderne alcune.

I seggiolai, sotto improvvisati tendoni, facevano splendide sedie e le donne intrecciavano i *salci.*

Le massaie vendevano il pane, i dolci, i cenci e anche frittelle.

Su sgangherate bancarelle si vendevano pezzi di stoffe insieme a coltelli da innesto.

Si sentiva la gente gioire, ridere tirando la fune e i piccoli rimanevano incantati a guardare alti trampolieri aggirarsi tra noi piccoli uomini .

Una vecchia donna teneva nel *grembio* le caramelle e a Martina le si illuminavano gli occhi quando gliene compravo una giumella.

La sera si tornava a casa stanchi, ma si rideva felici stretti per mano .

Si !!! eravamo felici con poco e non chiedevamo altro al Signore, ma poi......>>

CAPITOLO 9

Un lungo silenzio, lo vidi inghiottire saliva con un nodo alla gola, si bagnava le labbra e si passava le mani callose sugli occhi.

<<.....ma poi il fascismo ci condusse alla guerra, la seconda guerra mondiale, e tutto ciò che fino ad allora era brutto, fu niente a confronto di ciò che sarebbe accaduto.

In lontananza si sentiva il sibilo forte, assordante, dei caccia che sganciavano bombe e poi alte fiamme si levavano in cielo.

Dal muro di piazza, la notte si vedeva la vallata bruciare e il giorno carovane infinite di soldati percorrevano le strade sterrate.

Carri armati, seguiti da camion facevano strada con un frastuono assordante e cigolii spaventosi .

<<*No !!....non può accadere a noi.....*>> mi dicevo.

<<*Il nostro e' un paesino da niente fatto di contadini, di donne, di vecchi....noi non vogliamo la guerra........noi siamo arroccati su questa montagna fuori dal mondo* >>.

Ogni tanto giungevano notizie dalla vallata di famiglie sterminate dai gerarchi fascisti solo perchè sospettate di tradimento o di dare aiuto ai partigiani.

Si diceva di giovani uccisi perchè si erano rifiutati di combattere al fronte ma sembravano cose dalle quali un Dio generoso ci aveva voluto tenere al di fuori, ma un giorno Dio chiuse gli occhi.

Alle prime luci dell'alba un camion di soldati tedeschi entrò dalla porta disotto del paese, c'era anche una jeep con sopra dei graduati e una grossa moto con il carrozzino, equipaggiata con un mitra posizionato nella navetta.

Con la minaccia delle armi iniziarono a caricare giovani uomini, sfondavano le porte di ogni casa, di ogni negozio, guardavano in stalle e fienili.

Sparavano a chiunque si ribellasse sia donne o bambini.

Terrorizzato guardavo la scena dalle stecche socchiuse della persiana di casa.

Maria si stringeva forte al mio petto e Martina piangeva abbracciata alla madre.

I tedeschi spaccarono tutto, sfondarono persino il portone della chiesa, spararono sulla gente nascosta dal prete nella sagrestia.

Ogni colpo di mitra mi gelava il sangue nel cuore.

Vi erano persone sdraiate per terra riverse nel sangue ...erano donne e bambini indifesi....presto sarebbero giunti anche da noi>>.

Adesso ero io ad inghiottire saliva, ero io con gli occhi velati di pianto a tremare su quella logora sedia.

Il vento fuori era forte, ululava e metteva paura ma la paura adesso la portavo dentro di me, mi sembrava di vedere quei vecchi, quelle donne, quei bambini innocenti sporchi di sangue che, terrorizzati, cercavano di fuggire alla morte.

<<Come si può essere tanto crudeli >> mi ritrovai a pensare prima che il vecchio riprendesse il racconto.

<< Scendemmo di corsa nel garage, la moto era lì appoggiata a quel muro, la spinsi fuori *dall'uscio*, la misi in moto in discesa , Martina si sedette tremolante davanti a me sul serbatoio dell'olio, a Maria feci un po' di posto sulla grande sella di cuoio .

Per uscire dal paese dovevo passare dalla piazza e sapevo che i tedeschi mi avrebbero visto ma dovevo tentare.....infatti mi videro.

All'altezza della piccola chiesa vidi un graduato alzarsi in piedi nella jeep e con la mano indicarmi mentre impartiva un ordine con un linguaggio stridente che mi fece accapponare la pelle.

La motocarrozzetta si mosse prima in modo pesante poi sempre più velocemente.

Un soldato con l'elmetto e un mitra a tracolla guidava mentre un altro, nella navetta , si accingeva a spararci con la mitraglietta installata sul mezzo.

Una raffica bassa fece brillare le pietre ed io *sfrizzionai* la mia moto, cercai di scappare , mi infilai nei vicoli stretti, con la coda dell'occhio guardavo all'indietro, ma quel mostro di ferro non mollava la presa, sentivo i proiettili fischiare alle orecchie e poi rimbalzare sulle pietre dei vecchi palazzi.

Io dovevo scappare, dovevo salvare Maria e Martina.

Adesso anche il soldato che guidava la moto aveva in mano una pistola e ci stava sparando,

Dio!! quanto accanimento contro una donna, una bambina e un padre che vuole solo salvarle!

Fu allora che Dio riaprì a noi il suo cuore.

La moto con sopra i tedeschi sbandò, urtò contro il piccolo muro e si capovolse .

Il soldato che guidava fu sbalzato lontano ....proprio lì vicino alla nicchia della Madonnina, l'altro rimase schiacciato sotto quell'ammasso di ferro .

La Madonna, sono certo, pregò anche per loro.

Per uscire dal paese vi era rimasta solo la porta disopra.

Dopo la porta vi era una strada bianca in forte discesa con ai lati fitti cipressi, la imboccai a tutta *manetta*, Martina si reggeva forte ai mie braccia e Maria si stringeva alla vita da togliermi anche il respiro.

Ancora colpi di mitra, ma la Guzzi volava, volava lungo la strada, la polvere che si alzava ci nascondeva dallo sguardo di quei criminali.

Continuai a correre come un pazzo per poggi e vallate prima di realizzare che eravamo salvi, eravamo riusciti a scappare .

Passammo la notte sotto a un ponte abbracciati su un nido di paglia, la Guzzi era lì con noi ed io, prima di addormentarmi, la guardai con la luce della luna, le feci un mezzo sorriso e le sussurrai un grazie .... anche lei mi sorrise.

CAPITOLO 10

Era tardi, era notte inoltrata, ma il racconto era così affascinante che speravo con tutte le mie forze che il vecchio non si stancasse e fortunatamente riprese a parlare.

<<Il giorno seguente riprendemmo la strada.

Era forte il timore che qualcuno ci potesse vedere.

Quando sentivamo ronzare gli aerei ci nascondevamo sotto alle piante e si correva lesti nel bosco se si sentiva arrivare qualcuno.

Ogni volta sorridevo a Martina, volevo farle credere, o se non altro, darle l'illusione che era solo un gioco .....giocavamo a non farci vedere, ma credo che lei capisse benissimo che non stavamo giocando.

Accendevo la moto solo nelle strade più irte, mentre la spingevamo in pianura e poi la benzina era poca e la strada da fare era molta.

Avevamo deciso di cercare rifugio a Fizzano, un posto forse, non ancora toccato dalle atrocità della guerra.

Martina aveva le scarpe finite e soffriva nel camminare sui sassi, le infilai un pezzo di camera d'aria dentro alle scarpe per attenuare il dolore .

Maria, forte come tutte le donne dei campi, soffriva in silenzio.

Io avevo sempre un pensiero fisso, pensavo come scappare, come salvare la mia famiglia da tanto dolore.

Per giorni mangiammo erba cruda di campo, bacche, noci e qualche castagna, bevemmo l'acqua dei fiumi e riposammo la notte sotto alle stelle.

La benzina era finita, ma non avrei mai abbandonato la mia Campione d'Europa.... era lei che ci aveva salvato.

Arrivammo a Fizzano che era mezza mattina.

Sull'*uscio* sedeva il *capoccio*, aveva gli occhi rivolti per terra, lo sguardo smarrito, la barba lunga e gli occhi pieni di pianto.

Compresi che era accaduto qualcosa.

<< *Gino l'ha portato via la Ghestapo, Fortunato è scappato sui monti e Marisa, prima l'anno stuprata e poi l'anno ammazzata* >> mi disse.

Rimanemmo con lui a dividere un pezzo di pane e un paio di uova di starna, poi ci indicò un rifugio e riprendemmo la marcia.

Arrivammo al rifugio il giorno seguente vicino alla sera.

La gente ci guardava con una certa paura, forse con il timore che potessimo essere spie, ma poi compresero la nostra tristezza, il nostro dolore, videro i nostri piedi che facevano sangue e i nostri occhi pieni di angoscia.....ci accolsero come uno di loro.

Il posto era immerso nel bosco, alte piante e immense chiome ci nascondevano persino dal cielo, era un posto sperduto, nascosto persino dallo sguardo di Dio.

Grotte scavate nel tufo ospitavano donne e bambini, ma vi erano anche uomini armati.

Noi in silenzio, con fare rispettoso degli altri, ci adagiammo per terra in un angolo angusto.

Dovevamo riprendere fiato forse adesso eravamo davvero al sicuro.

Il posto sembrava vivere una sua vita sospesa, una vita in attesa di una ritrovata normalità, ma noi avevamo il nostro equilibrio, noi eravamo un piccolo mondo.

La gente parlava di mariti ammazzati, di mogli stuprate, di figli deportati alla guerra e noi, fortunati, li stavamo ad ascoltare.

Noi eravamo insieme e questa era la cosa importante.

Al rifugio non mancava un boccone di pane per tutti, lo portavano le donne nascosto sotto alle vesti.........partivano al calar del sole con il solo lume di una candela.

Ogni tanto arrivavano armi.........dovevamo ribellarci a tanta ingiustizia .

Martina aveva fatto amicizia con altre bambine sfollate, Maria dava una mano alle donne in ogni piccola cose, dal lavare le ciotole, a lavare i panni, a *ravversare* i giacigli di paglia.

Io passavo i giorni a tirare i sassi a sassi più grandi.

La sera ascoltavo gli anziani parlare.

<< *Dobbiamo far saltare il ponte dei Ribaldoni se vogliamo impedire ai tedeschi di invadere la nostra vallata* >> diceva un partigiano ed io ascoltavo in silenzio.

La Guzzi era lì, appoggiata a una pianta, morta senza benzina.

Una sera, noi uomini, ci ritrovammo a parlare seduti sotto a una quercia.

Le donne in cerchio rassettavano i panni e i bambini giocavano con una manciata di terra.

<<*Mario dobbiamo far saltare il ponte* >>

mi disse Gualtiero ed io iniziai a tremare, non erano più dei discorsi tra loro, adesso ero io ad essere stato chiamato.

La mia pelle divenne grinzosa, il freddo mi invase e il mio cuore iniziò a battere forte.

<< *Abbiamo poca dinamite e dobbiamo spaccare il ponte nel centro, nel punto più debole, nell'arcata più alta, solo tu puoi minarlo e....scappare veloce* >>.

Lo sguardo dell'uomo si rivolse verso la Guzzi ed io continuai a tremare.

Il giorno seguente arrivò la benzina, misi due candelotti di dinamite in saccoccia, non dissi niente a Maria ma la notte alle due, mentre tutti stavano dormendo, mi alzai, presi la moto, una candela e scesi a valle senza avviare il motore .

Non ebbi il coraggio di guardare Maria e Martina, forse per l'ultima volta, sapevo solo che facevo ciò che era giusto fare per tutti .

Il ponte era lungo, alto e incuteva timore, andai al centro, sull'arcata più alta , infilai tra le travi la dinamite poi accesi la Guzzi e l'appoggiai alle sponde del ponte rivolta verso la valle, sapevo, che una volta accesa la miccia, solo lei mi poteva salvare.

Con mani tremanti accesi un fiammifero che subito il vento spense.

Ne accesi un altro e le corte micce dei candelotti iniziarono a bruciare veloci.

Con un salto salii sulla moto, partii tirando le marce, sapevo che da lì a poco si sarebbe scatenato l'inferno.

CAPITOLO 11

Mario continuava a parlare....

<<Il ponte era buio e solo le stelle mi davano luce, poca, poca luce con la terza tirata.

Ad un tratto sentii un boato pauroso, un'esplosione alle mie spalle, una spinta forte mi fece tremare la moto e il ponte sussultò sotto alle esili ruote .

Lo sentivo crollare alle spalle, con un rumore sinistro, lo sentivo sgretolarsi sotto alle ruote e mi sembrò di correre solo nell'aria, ma io tenevo fisso il *manetto*, volevo scappare, salvarmi , i miei avevano ancora bisogno di me.

Ero appena uscito dal ponte che il ponte finì di crollare.

Ripresi pian piano il sentiero della montagna per tornare al rifugio.

Tutti erano svegli, avevano sentito l'enorme boato, Gualtiero mi sorrise e mi strinse al suo petto. Maria mi guardò fisso negli occhi senza parlare, la mia bambolina mi sorrise felice come se avesse per padre un eroe >>.

Mario era stanco, ci salutammo con il cenno del capo e un ciao, sussurrato, entrambi sapevamo che il nostro oramai era un tacito accordo e ci saremmo rivisti il giorno seguente.

La sera dopo osservai quella piazza con occhi diversi, mi sembrava di vedere quei corpi riversi in pozze di sangue, nella vallata le luci sembravano fuochi e rumori lontani di auto mi sembrarono colonne di soldati tedeschi.

Rividi, nella mia fantasia, Mario che scappava inseguito da un mostro di ferro e mi sembrò di sentire colpi fitti di mitra.

<< Allora erano veramente colpi di mitra quelli che trivellarono il corpo delle statue di pietra >> mi ritrovai a borbottare.

Poi posi più attenzione ai rumori e mi parve di sentire il rombo possente di una moto da corsa che si allontanava nella vallata.

Superstizione di un luogo incantato popolato da angeli e demoni.

O forse erano le anime di quei ragazzi ammazzati sulle scale di chiesa, di quei vecchi accasciati per terra con i bianchi capelli macchiati di sangue.

Forse erano le loro anime che vagavano per i vicoli stretti in cerca di una risposta a tanto dolore..

<<Per quale motivo, sotto quale bandiera, si può arrivare a sparare su donne e bambini, spezzare vite innocenti .....in nome di cosa ? >>.

Domande senza risposta che mi frullavano in testa con fare ossessivo.

Il mio sguardo si era fatto più attento nell'osservare ogni cosa e ogni più piccola cosa assumeva contorni diversi, forse neppure reali, ma che in una mente scossa da tanto dolore, mi faceva girare la testa e traviare le cose.

Adesso le gocce d'olio sul lastricato mi sembravano gocce di sangue, il miagolare dei gatti affamati mi sembrava il tenue lamento di un bambino ferito e con il fischio del vento mi sembrò di vedere arrivare una donna con un mantello nero e la falce *fenaia.*

Rivolsi lo sguardo verso la madonnina incastrata nel muro, aveva gli occhi dolci e sulle labbra un tenue sorriso, sembrava che lei avesse pietà di tutti ....anche di me.

<<Ciao Mario>> mi ritrovai a sussurrare alle spalle dell'uomo.

<<Ciao ragazzo >> mi disse lui senza dimostrare sorpresa.

Con una cronologia impressionante riprese il racconto da dove lo aveva lasciato.

<< Rimanemmo nascosti in montagna per lunghe settimane.........forse ci rimanemmo dei mesi, era persino difficile tenere il conto dei giorni.

Non era certo un bel posto, quando pioveva si viveva nel fango, non potevamo accendere il fuoco, paurosi di essere visti dagli aerei in passaggio, ma le vecchie ogni giorno ci portavano un pezzo di pane, a volte una mela, a volte due noci per la bambina che ringraziava contenta.

I giorni passavano lenti, uguali fino a quella tragica notte............>>

La voce dell'uomo era rotta dal pianto, le ciglia aggricciate e lo sguardo fisso per terra.

Compresi che quella notte gli aveva cambiato la vita.

<<Dal nulla apparvero esili aerei....a dire il vero potemmo solo sentire il forte ronzio dei potenti motori e iniziarono a sganciare centinaia di bombe, la luce delle prime esplosioni ci permise di vedere gli ordigni che, come una collana di perle sfilata, cadevano sopra di noi, gli aerei portarono la distruzione.......l'inferno.

Boati continui squarciarono il monte, la terra tremava, il bosco bruciava, la gente scappava come formiche impazzite, le schegge fischiavano per poi fare un rumore sordo quando si infilavano nel corpo di qualcuno di noi.

<<*Dio!!....Dio!!....Dio !! ancora una volta ci hai abbandonato !!* >> mi ritrovai a gridare con lo sguardo rivolto all'insù.

Dal niente erano arrivati e nel niente svanirono.

Mi girai attorno impaurito, tremavo come una foglia, sudavo gocciole fredde.

La montagna era diventata l'inferno, gli alberi bruciavano in una luce spettrale, una luce rossastra che illuminava corpi dilaniati, il crepitio del fuoco faceva sfondo ai gemiti di gente morente, per terra vi erano braccia, gambe, corpi mutilati e brandelli di gente, ed io come distaccato da tutto e da tutti mi ritrovai a camminare tra i pezzi dei corpi.

<<*Maria !!............Martina !!*>> gridai con tutto il mio fiato, ma non ebbi risposta.

Girai i corpi proni, alcuni erano irriconoscibili mezzi bruciati, l'odore era forte.........insopportabile........si!!! Proprio di carne bruciata.

Presi in braccio i corpi mutilati di tanti bambini e li strinsi a me piangendo a dirotto, lo stomaco mi faceva male e la testa impazzita mi girava come fossi su una giostra fuori controllo.

Mi augurai con tutta la mia forza di non trovare Martina.

<< *Forse è riuscita a scappare, forse si è nascosta nel bosco.....*>> mi ripetevo con fare assillante.

Ma alle prime ore del giorno trovai anche la mia signorina.

Aveva cercato rifugio in un folto cespuglio.

Era lì, immobile, sembrava giocasse a non farsi vedere, stringeva tra le braccia la sua bambolina ....forse si stavano facendo coraggio a vicenda.

Era immobile con il capo chino, le sue bianche guance erano graffiate dai roghi, ma il sangue era secco e rappreso, aveva le trecce disfatte sul petto...........

Un tuffo al cuore, un'angoscia profonda, un nodo alla gola, gli occhi pieni di pianto.

La presi in collo pian piano come pauroso di farle del male, la sdraiai sulla soffice erba bagnata di rugiada .

Aveva il vestitino sporco di sangue all'altezza del cuore e nel cuore una scheggia di bomba.

La strinsi forte a me in un pianto infinito.

Poco lontano trovai anche Maria, aveva il volto nel fango ed io la pulii con cura con il mio fazzoletto prima di adagiarla accanto a Martina.

Mi sdraiai anche io per terra con la bambina nel mezzo, sembrava che stessimo guardando le stelle in una notte d'estate, ma loro erano morte e per me era tutto finito.

<< *Dio perchè mi hai dato tanto dolore.......Dio perchè solo io mi dovevo salvare* >>

Dio non rispose.

I superstiti scappavano per i sentieri nel bosco, i morti buttati in una fossa comune.

Io rimasi sdraiato con loro...........ci parlavo, dicevo a mia moglie quanto fosse stata bella la vita con lei e a mia figlia raccontai per l'ultima volta una fiaba.

Passarono giorni e notti prima che trovassi il coraggio di alzarmi, prima di fare una buca e sdraiarci, abbracciate, mamma e figliola e poi ricoprirle di terra.

<< *Maria adesso pensaci tu a Martina lei e' solo una bambina e in cielo non saprà dove andare*>> sussurrai a mia moglie.

Un cumulo di terra e una croce di legno ecco cosa mi era rimasto di loro.

La Guzzi era lì appoggiata a una querce con il serbatoio squarciato da una scheggia di bomba , la sdraiai su un foglio di carta catrame, la impacchettai con cura legandola con filo di rame poi feci una fossa e la sotterrai, sopra non ci misi una croce ma un cipressino sbarbato lì accanto.....>>

CAPITOLO 12

Un lungo silenzio poi......

<< Nella valle si sentivano colpi di mitra, ma io incurante percorsi campi minati, incrociai colonne di soldati tedeschi ....forse cercavo la morte, ma ancora il mio momento non era arrivato .

Che strano destino avrei dovuto vivere con quel dolore straziante.......poco dopo la guerra finì... >>.

Adesso ero io a piangere un pianto a dirotto, ero io a vedere tutto annebbiato con gli occhi che di continuo traboccavano lacrime salate che, seguendo le guance, mi finivano in bocca.

Singhiozzavo forte, non riuscivo più a farla finita.

Mario mi guardava fisso non so se dispiaciuto di avermi dato tanto dolore o felice di vedere che vi erano ancora persone buone che sanno piangere delle disgrazie degli altri.

Il racconto dell'uomo mi aveva turbato a tal punto che adesso vedevo tutto in maniera diversa.

Non vedevo la gioia, non vedevo i sorrisi, non vi erano più belle giornate, tutto era avvolto da una folta nebbia e un raggio di sole non vi penetrava.

Continuamente pensavo alla labilità della vita, all'assurdità stessa della nostra esistenza.

<<Per quale motivo dobbiamo lottare, per quale motivo dobbiamo arrabbiarci, per quale motivo

dobbiamo accumulare denaro ....in ogni momento potremmo morire >> mi ritrovavo sempre a pensare.

I miei occhi spesso erano lucidi e stanchi e il mio cuore ingrinsito da tanto dolore.

E' vero!! ! era una storia, quella di Mario, che non avevo vissuto in prima persona, ma l'uomo me l'aveva trasmessa con una tale intensità che mi sembrava una cosa vissuta da pochi momenti.

Con la mente in subbuglio e il cervello annebbiato mi ritrovai a sfogarmi su un pezzo di carta.

DA LASSU'

QUALCUNO CI GUARDA

NUDI SOGGETTI

IN UN PETALO LIMITATO

ATOMI URTANTI

MOLECOLE DI OSTACOLI

ALITO SMORZATO

INGHIOTTITO DAL SONNO

FUGACI INTERMITTENZE

CHE VIBRANO

CON SPAZZI

SEMPRE PIU' AMPI.

Ecco come mi sentivo! Un nudo soggetto agli occhi di Dio, sentivo il suo sguardo su di me, ma non mi stava aiutando.

Guardava noi piccoli esseri su un brandello di terra se confrontata con l'immensità del creato.

La terra e' un petalo in un campo sterminato di fiori.

Lui vede la gente piccola come atomi che urtano, molecole di dolore immensamente più grandi di loro.

Vede la loro luce, una luce vive, ma con intermittenza e gli spazzi bui sono sempre più ampi.

Questi poveri esseri sbadigliano e forse preferirebbero dormire al vivere.

Sentivo il suo sguardo ma Lui era lontano da me.

Venne anche il Natale, in quella festa avrei potuto ritrovare speranza, vederci la nascita del bambino Gesù e con esso avrei potuto riprendere una vita normale e invece mi ritrovai ancora a scrivere su quei maledetti pezzi di carta.

E L'ALBERO ADDOBBATO

DI GOCCE DI SANGUE,

PALLINE DI CARNE

E DI TENDINI UMANI

COME FILI CANGIANTI

SAREBBE PIU' VERO

DI QUESTO RIDICOLO ABETE
CHE TI DOVREBBE DAR GIOIA,
LA GIOIA DI UN GIORNO
QUANDO NON ESISTE NEPPURE
LA GIOIA DI UN ATTIMO.

Quell'albero che per alcuni e' armoniosamente consono all'animo per me era invece freccia che colpisce il segno dell'amarezza.

Era un momento rubato al giorno e donato alla notte.

Era la contraddizione tra apparenza e essenza.

Rileggendo lo scritto ne ebbi paura, avevo toccato il fondo e non sapevo come poter risalire.

Ero precipitato in un pessimismo totale che poteva solo farmi del male.

Pian piano cercai di rialzare la testa, guardai nuovamente il tramonto del sole, mi soffermai a guardare i bambini giocare, ridevano, non pensavano certo alla morte e anche io non ci dovevo pensare,

Fu allora che scrissi "fantasmi d'amore":

FANTASMI D'AMORE
VOLTEGGIANO PIANO
IN QUESTA BUIA ESISTENZA
PAUROSI

DI ESSERE INGLOBATI

DAL FIATO SMORZATO

DEL DOLORE

Non era certo la poesia di un giovane pieno di vita, ma se non altro erano riapparsi i "fantasmi d'amore".

CAPITOLO 13

Una donna, vedendomi fermo davanti al garage, mi disse che Mario era all'ospedale <<....Sai è vecchio e molto malato >>.

Io rimasi perplesso, sussurrai un grazie con un mezzo sorriso e un gesto del capo.

Avevo ripercorso quei vicoli stretti sperando di ritrovarlo seduto nel suo vecchio garage , magari sempre su quella sedia e con in mano la foto ingiallita.

Mi sembrava, credevo, che lui facesse parte di quel piccolo mondo come le statue della chiesa o come la Madonnina incassata nel muro, ma lui era ....vecchio e molto malato.

Il giorno seguente mi recai all'ospedale di Radi.

Percorsi i lunghi corridoi pitturati di verde pastello, guardai dentro ogni stanza, all'interno anziani vivevano gli ultimi giorni di vita con immensa tristezza, ma avevano accanto qualcuno , alcuni una vecchietta, probabilmente la moglie, altri giovani donne forse erano figlie....nessuno era solo.

In un letto d'ospedale in disparte, solo Mario era solo.

Aveva una flebo infilata nelle vene, gli occhi chiusi, ma li aprì e presero vita guardando fisso nei miei.

Un tenue sorriso gli stirò le profonde rughe del volto e dalle aride labbra gli uscirono solo due parole

<<Ciao ragazzo ..... >>

<<Ciao Mario !! >> risposi e mi misi seduto sul lato del letto.

Mi prese una mano tra le sue mani callose e me la strinse forte in segno di affetto non so se per farsi o farmi coraggio, ma fu un momento di una dolcezza infinita.

Mario sapeva che ci saremmo rivisti, sapeva che non lo avrei abbandonato, un sottile filo ci aveva legato, legato per sempre, per tutta la vita.

Lui era una tenue fiamma che si stava spengendo, io una torcia in pieno vigore, ma entrambi dovevamo dare un senso alla nostra esistenza.

<<Conosci la strada che porta a Fizzano ? >> mi disse con un filo di voce ed io feci con il capo il cenno del si.

<< Prendila.......segui il sentiero che porta alla grotta del vecchio rifugio ....davanti alla grotta vedrai un cipresso oramai alto, vecchio........ scava sotto di lui ......riportala in vita....ti regalo la Campione d'Europa >>.

Un tuffo al cuore, una vampata di caldo, poi di freddo pungente, parole che non riuscivano a uscire , un nodo alla gola, gambe tremanti, un battito così forte che ebbi paura si potesse sentire il mio cuore impazzito.

Avevo sempre visto la storia di Mario come una storia fatta di morte, di tremendo e disumano dolore, miniere crollate, bambini ammazzati, il fascismo, la guerra, e adesso a distanza di così tanti anni poteva tornare in vita la Campione d'Europa.

Si sarebbe potuto risentire il suo rombo possente cantare.

I contadini adesso, sopra i grandi trattori, non si sarebbero più fermati a guardarla e i cavalieri non gli avrebbero dato la strada, ma il suo rombo sarebbe salito su fino sopra alle nubi, fin sopra alle stelle fino a raggiungere Dio e lo avrebbe sentito anche Maria e Martina.

Mario lesse tutto ciò nei miei occhi e mi disse solon <<ora........ora vai >>.

Richiuse stancamente gli occhi, cancellò il sorriso dal volto e riprese forse a dormire.

Tutto ciò che fino ad allora era buio totale, ossessionante, ridondante dolore stava lasciando spazio a una strana forma di gioia sofferta.

<< Grazie Mario.....te ne sarò grato per tutta la vita >> sussurrai pian piano.

<< Certe cose vivono oltre alla morte........>> rispose.

Non stava dormendo, riaprì per un solo attimo gli occhi e li vidi brillare come stelle nel cielo.

Gli strinsi ancora una volta forte la mano.

<< Tornerò presto a trovarti ....e' una promessa >>

<< Cercherò di farmi ancora trovare >> mi disse e io gli sorrisi.

Sapevo che lui si sentiva morire, si accorgeva che si stava lentamente spengendo, era rassegnato alla fine perchè sapeva che la fine poteva essere anche uno splendido, fantastico inizio.

CAPITOLO 14

Il giorno seguente mi ritrovai a camminare nel bosco con in mano una pala.

Il sentiero era stretto, appena accennato nella fitta vegetazione.

Grosse macchie intralciavano il passo ma, non vi era macchia, nè pruni, e neanche ginepri che potessero fermare il mio passo deciso.

Mi ritrovai con le spine infilate nelle braccia, ma non provavo neppure dolore.

Adesso la mia andatura era forte, decisa, non c'era più buio nella mia mente, avevo uno scopo, una cosa importante da fare.

Non mi sfiorò neppure il pensiero che il tempo l'avesse potuta sciupare.

No !! la Campione d ' Europa non poteva diventare ruggine in terra....tutte, ma non la Campione d'Europa.

Lo aveva detto anche Mario : << Vi sono cose che vivono oltre alla morte >> oltre ogni logica, oltre ogni razionale spiegazione e lei era una di queste.

Il cipresso era alto decine di metri, sembrava una lancia infilata nel cielo o forse un'antenna che la teneva in contatto con quel Dio che a volte all'uomo aveva girato le spalle per chissà quale incomprensibile piano.

La mente dell'uomo è così poca cosa che tanto gli sfugge, comprende solo dell'immensità del creato, cerca una risposta a eventi più grandi di lui, ma poi si arrende schiacciata dai limiti di una esistenza piccina.

Quel cipresso era li come una silenziosa sentinella a proteggere la moto più bella del mondo , una moto che aveva vissuto nella vita di Mario, una moto morta per le atrocità della guerra, ma che ora sarebbe risorta per mano di un giovane collezionista affascinato da tanto splendore e stregato da una storia piena d'amore.

Vicino al cipresso vi era un monte di terra contornato da sassi , qualcuno ci aveva messo una croce di ferro

<<Allora non sono il solo a piangere delle disgrazie degli altri >> mi ritrovai a pensare.

Avrei voluto subito iniziare a scavare, ma mi misi a sedere per terra in una forma di rispetto, congiunsi le mani e chinai gli occhi per terra.

Era tanto che non dicevo una Ave Maria , ma quella volta mi venne spontaneo pregare, pregare per quelle vite innocenti morte e sepolte tra i sassi.

Erano solo persone che volevano vivere, amare e invece avevano trovato la morte su quella collina dilaniati dall'odio e dalla pazzia degli esseri umani.

Mi sembrava di vedere pezzi di carne sparsi lì accanto e di sentire il crepitare del fuoco che bruciava le piante, ma il bosco adesso era verde e le piante sfidavano il sole.

Forse non esisteva neanche la morte, le due donne erano vive nei ricordi del vecchio, il cipresso sbarbato si era riattaccato sull'arida terra.

Se tutto venisse visto con una visione più ampia, forse la morte non esisterebbe davvero.

Il sole era alto nel cielo, gli uccelli cinguettavano nascosti nel verde, le nubi passavano piano nel

cielo ed io con mano tremante iniziai a scavare.

La pala leggera scolpiva pian piano la terra come timorosa di far svanire un incanto che non doveva svanire.

La terra era dura, piena di sassi e le radici dell'albero formavano una ragnatela che non dovevo sciupare.

No!! Quella pianta aveva il diritto di vivere, le dovevo rispetto era lei l'angelo che aveva vegliato su Maria e Martina.

La terra era dura , dalla mia fronte colavano fitte gocce salate , le mie braccia erano stanche e la mia schiena spezzata da tanta fatica, ma continuavo a scavare.

La buca stentava ad affondare, l'arida terra si sbriciolava e mi ricadeva all'interno, ma io la toglievo a manciate.

Adesso la fossa mi arrivava alle ginocchia, le mie scarpe erano piene di sassi, i pantaloni erano impastati di sudore e di terra e della Campione d'Europa neanche una traccia, ma neppure per un attimo, neanche per un solo momento ebbi paura di non riuscire a trovarla, sapevo che era lì e che anche lei voleva ritornare alla luce dopo tanto tempo di buio totale.

Il sole stava scomparendo dietro le dolci colline con l'esplosione dei suoi mille colori.

Le nubi adesso erano macchiate di rosso, di rosa di giallo, il cielo era screziato di un vivo celeste che si sfumava in un blu profondo macchiato di verde.

Io stanco, sfinito mi sdraiai per terra.

Che strano! Quella terra dura e sassosa mi sembrava un soffice materasso imbottito, rivolsi lo sguardo alle stelle che pian piano ricoprivano il cielo, erano le stelle, erano proprio quelle stelle che aveva visto anche Mario e che, con la loro tenue luce, avevano illuminato la tomba.

Il tenue soffio del vento mi sembrò l'alito di mille persone, il respiro di quella gente che lì aveva trovato la morte ma non ne ebbi paura, anzi mi diede sollievo, anche loro volevano riprendere a vivere o forse stavano già vivendo in una dimensione diversa.

Chiusi gli occhi e mi addormentai in un sonno profondo, solo molto più tardi vidi il cerchio della luna sopra di me, mi sembrò ancora l'occhio di Dio che mi voleva regalare una luce, una via da seguire, uno scopo che doveva andare oltre ogni venale interesse..

Mi sollevai lentamente e ripresi a scavare.

Adesso la buca girava intorno alla pianta.

CAPITOLO 15

Le sue grandi radici erano infilate profonde tra i sassi e sembravano attanagliassero, proteggessero uno scrigno prezioso, cercai di scavare pian piano senza dare dolore a quel grande cipresso.

Il sole ancora una volta era alto nel cielo quando un lembo nero di carta catrame spuntò sotto a una manciata di terra.

Mi fermai con il cuore colmo di gioia e sorrisi, sorrisi felice come un bambino lontano da ogni malizia .

Scavai con le mani, avevo le unghie recise e le dita facevano sangue, ma non sentivo dolore , non potevo usare la pala ….avrei potuto sciupare la moto.

In ginocchio toglievo manciate di terra, scalzavo l'involucro dalle enormi radici che lo avevano abbracciato senza fargli del male.

<<Ti prego cipresso....allenta la presa.... hai gia protetto la moto.... adesso tocca a me >> mi ritrovai a parlare con la pianta come fosse un essere umano.

E lei sembrò che mi avesse sentito.

Pian piano la presa si stava allentando, forse ero io che la stavo liberando, ma mi piacque pensare che fosse la pianta che me la stava cedendo.

Quella pianta l'aveva abbracciata, l'aveva protetta da tutto e da tutti.

Neanche gli artificieri che finita la guerra, con i loro metal - detector, avevano setacciato la zona in cerca di ordigni inesplosi, l'avevano trovata perfettamente nascosta sotto il fusto robusto.

Adesso il cipresso aveva tutte le radici scoperte e lentamente l'enorme pacchetto stava ritornando alla luce.

Lo presi con entrambe le mani e iniziai a tirarlo pian piano timoroso di farle del male, un laccio di rame teneva stretta la carta ed io me lo avvolsi alla mano e ripresi a tirare.

Lo sforzo era enorme, il sottile filo mi entrava dentro alla carne come la lama di un tagliente rasoio.

Avevo le ginocchia per terra , i pantaloni strappati e anch'esse mi facevano sangue.

Con la schiena inarcata tiravo.... tiravo con una forza pazzesca che neppure io sapevo di avere, una forza che solo un sogno che sta diventando realtà ti può dare.

A un tratto il cipresso decise di donarmi la moto.

La sentii scivolare pian piano, la vidi uscire dal suo corpo come in un parto.

Per tanti anni l'aveva tenuta dentro di se e con fare materno l'aveva protetta, ma adesso era giunto il momento di riportarla alla vita...........al sole.

Con le ultime forze rimaste la sfilai dalla buca.

Rimasi in silenzio, seduto per terra a guardare quel pacco nero catrame, quel nero lo avevo anche io sulle mani e sopra vi scorrevano rosse gocce di sangue, ma ero felice, felice come non mi era mai capitato.

Presi la pala e macchiai anche il manico di nero e di rosso, adesso, per prima cosa , dovevo riempire la buca, dovevo riaccostare la terra alle enormi radici, glielo dovevo a quella pianta, che aveva vegliato su un sogno e poi non volevo che la Campione d'Europa ritornasse in vita causando morte.

Rimasi per tutta la notte a spalare la terra, mi ritrovai a togliere i sassi timoroso che potessero fare male alle radici più piccole.

Con le mani doloranti accomodai le ultime manciate vicino al suo tronco possente.

Solo allora mi sdraiai accanto alla moto ancora vestita di nero, l'abbracciai dolcemente , e stanco da tanta fatica, mi addormentai

Avevo impiegato due giorni di dura fatica per riportarla alla luce, non avevo mangiato neppure un boccone e non avevo bevuto una gocciola d'acqua........ero stanco sfinito ma avevo il cuore pieno zeppo di gioia.

CAPITOLO 16

Non so per quanto tempo avessi dormito, ricordo il cinguettare di uno stormo di uccelli nel cielo, un cielo pulito sgombro da nubi.

Le mani ora mi facevano male, le tenevo chiuse a pugno per attenuare il dolore, le ginocchia mi facevano sangue con profonde ferite, la schiena mi sembrava spezzata, ma ero felice.

Dio! Quanto ero felice.

Mi alzai dolorante, adesso la moto era lì, poi mi rimisi in ginocchio e ripresi a pregare.

Ringraziai quel Dio che quella sera guidò i miei passi per quei vicoli stretti, quel Dio che mi aveva fatto incontrare l'anziano, quel Dio che ha, per ognuno di noi, disegni a noi incomprensibili ma chiari per lui.

Tanta era la voglia di spogliare la moto da quella carta nerastra ma mi sentivo scosso, indegno, indegno persino di toccarla.

Il destino aveva voluto così, il cipresso l'aveva salvata, Mario me l'aveva donata e tutto era sotto agli occhi di Dio.

<<Chissà perchè proprio a me >> borbottai mentre mi facevo coraggio e iniziavo a togliere i primi brandelli di carta.

Subito un profumo mi invase.

<<Per tanti sono pazzo >> mi ritrovai a dire a voce alta ridendo.

Ma la moto profumava, profumava ancora di un aroma di olio e benzina nonostante i tanti anni trascorsi.

Profumava di un tenue odore di grasso, la moto profumava ancora di vita.

Adesso si intravedeva il rosso amaranto filettato di oro, si intravedeva quel grande manubrio con le sue manopole in cuoio.

Ogni volta che toglievo un pezzo di carta lo ripiegavo con cura mi sembrava di dovergli del rispetto, forse della gratitudine, d'altronde era lei che aveva salvato la Guzzi dall'umidità della terra.

La moto era sdraiata, la tirai su dolcemente, con molta attenzione, come timoroso di fargli del male, l'appoggiai un'ultima volta al cipresso come in un ultimo abbraccio e seduto sull'erba mi misi a guardarla.

Ai miei occhi non vi era sole né stelle lucenti, di pari bellezza.

Aveva una bella vernice vivace anche se screpolata dal tempo, ricordava quegli immensi affreschi del 1200 pieni di piccole rughe ma proprio per questo di un' enorme bellezza.

Le aquile d'oro, stampate sul serbatoio, guardavano fiere in avanti, mancava un pezzo di ala ma io sapevo che la Guzzi volava ugualmente su tutto e su tutti, volava anche nel tempo, nessuno poteva fermare la Campione d'Europa.

E’ vero !! quelle schegge di bombe impazzite avevano squarciato il serbatoio dell’olio ma l’ avevano solo ferita non certo ammazzata.

Rimasi immobile a guardarla per ore, ne ero affascinato, stregato, innamorato, mi sembrava un sogno e per un attimo ebbi paura di potermi svegliare ....ma era tutto reale.

<<Peccato che sia reale anche quella croce di ferro infilata per terra >> sussurrai.

Ma la vita è strana fatta di gioie e dolori, di morte e resurrezione, è fatta di giovani uomini drogati di sogni e anziani che sperano finalmente in una vita migliore.

Mi feci coraggio e montai sulla moto.

Un lampo, un flash improvviso, una scarica elettrica invase il mio corpo e mi fece tremare.

Per un attimo mi sembrò di essere Mario che scappava veloce dal ponte che crolla, mi sembrò di stringere tra le braccia quella bella bambina mentre i tedeschi ci sparavano addosso, mi sembrò di sentire il suo rumore echeggiare nella valle e piansi, piansi un pianto a dirotto fatto di troppa gioia e di troppo dolore, un pianto liberatorio di cui avevo bisogno per non sentirmi scoppiare.

Mi asciugai gli occhi alla manica della camicia sgualcita e iniziai a spingere la moto pian piano.

Nonostante il tempo, nonostante le gomme fossero sgonfie e *imporrate*, le ruote giravano bene.

La spinsi lungo il sentiero che portava alla valle, spostando le macchie con le mie nude mani....lei non si doveva graffiare.

La strada era lunga, ero molto lontano da casa e ripensai a Mario che spingeva la moto per non far sentire il rumore ai tedeschi.

Forse anche lì, insieme a me , c'erano Maria e Martina e anche se non le vedevo, sentivo la loro presenza......... forse mi aiutavano anche a spingerla nelle salite più irte ....non mi sembrava fosse così tanta fatica.

Spinsi la Campione d'Europa per un giorno e una notte prima di raggiungere casa.

CAPITOLO 17

La moto aveva guadagnato nel garage un posto d'onore se non altro per la bellezza della sua storia fatta di dolore ma anche di incontenibile amore.

La toccai, a dire il vero la accarezzai con cura per pulire le parti sporche di fango.

Ogni volta che un centimetro del suo splendido corpo era pulito lo ungevo con della vaselina per curare le magagne del tempo.

Le gomme adesso erano gonfie e lucidate di nero, il cromo aveva ripreso a brillare e il serbatoio dell'olio lo avevo "cucito" di stagno.

Sembrava una cicatrice su uno splendido volto, ma volli lasciarlo in vista era un segno del tempo, il segno di tanta ignoranza che si era accanita contro indifese famiglie.

La candela faceva una bella scintilla e il carburatore lo avevo ripulito con cura.

Con le mani tremanti misi benzina e poi spinsi la leva del cambio in avanti con la frizione tirata come faceva Mario quando voleva metterla in moto e poi giù in discesa.

Tutti i timori, tutte le paure scomparvero quando il suo rombo possente esplose nell'aria , un tuono a ciel sereno, una musica forte nel silenzio totale ....ecco......ecco cosa mi parve.

Forse ero solo io che sentivo il battito del cuore della Campione d'Europa, ma era bello ascoltarlo, una melodia di note fantastiche.

Con dolcezza tirai a me il *manettino* del gas e la moto prese a volare, il vento mi accarezzava le guance, mi entrava tra i folti capelli ed io mi sentivo libero, e impazzire di gioia.

Più tardi la rimisi in garage.

<< Ciao splendida moto >> le dissi incurante che qualcuno potesse sentirmi<<ciao.........e grazie >>.

La mattina seguente ritornai all'ospedale di Radi era tanta la voglia di raccontare tutto al mio vecchio amico, sapevo che gli avrei donato un sorriso ed era il minimo che potevo fare per lui, ma quel letto era vuoto.

Tremai solamente al pensiero di essere arrivato tardi e di non aver potuto donare all'uomo un'ultima gioia .

<<Mario è voluto ritornare a casa, vuole morire dove ha sempre vissuto >> mi disse un' infermiera.

CAPITOLO 18

Chissà cosa avranno pensato gli anziani del paese quel giorno quando, a distanza di tanti anni, sentirono ancora il rombo della Campione d' Europa, sulle strade selciate.

Chissà in quanti da dietro le finestre l'avranno guardata passare per i vicoli stretti increduli che potesse essere proprio lei, la Guzzi di Mario.

E chissà cosa avrà pensato Mario quando mi vide arrivare davanti al garage.

Una vecchia poltrona aveva preso il posto della logora sedia, l'uomo era lì stanco, logorato dal tempo e dal tanto dolore, guardava fisso il cartellone attaccato, aveva la solita foto stretta tra le ruvide mani.

Girò lentamente la testa verso di me, verso la sua splendida moto, le sue labbra abbozzarono un mezzo sorriso, il suo volto si illuminò di una gioia profonda.........sapevo che mi aveva aspettato......mi aveva aspettato........ prima di morire.

In certi momenti si esige silenzio ma io, al contrario, *sgassai* la Campione d'Europa a tutta *manetta,* volevo che il suo rombo arrivasse a Maria e Martina e le avvisasse che Mario stava arrivando.

Nell'aria non si respirava dolore.

No !! non esiste la morte, non era esistita per la Campione d'Europa e Mario si era solo riunito alla sua bella e sfortunata famiglia.

Lassù non vi erano guerre, non vi erano persone cattive e avrebbe vissuto in pace per sempre.

L'uomo sembrava assopito, ma la foto di sua moglie con la bambina in braccio, gli era caduta di mano.

La raccolsi.

<< Adesso non hai più bisogno di vivere di tanti ricordi.....il dolore è finito e la vera vita è solo iniziata.......>> così pregai per lui....e poi << Ciao Mario un giorno ci rivedremo e forse solo allora capiremo il disegno di Dio che ci ha fatto incontrare.

Fino ad allora veglierò io sulla Campione d'Europa e alla mia morte, è una promessa, la tramanderò ai miei figli e loro ai loro, lei non potrà mai venire con noi, ma non morirà ugualmente......un giorno da costassù la sentiremo rombare nelle vallate e con il cuore pieno di gioia rideremo felici e ciò nei secoli dei secoli.

AMEN

RINGRAZIAMENTI

Il mio nome è un nome che parte da molto lontano, Olinto, era un'antica città della Grecia e chissà per quale motivo è stato messo a mio nonno e dopo la sua prematura morte, appena mio padre ha avuto un figlio, lo ha voluto chiamare così.......grazie padre!!!

Un sottile filo mi ha sempre legato con le generazioni passate, un invisibile neurone mi ha sempre unito ai ricordi degli altri, facendomi fremere, piangere, ridere di sensazioni trasmesse.

Il racconto di un vecchio per me è una scuola di vita, non ho vissuto la guerra, la fame e neanche il profondo dolore d'esistere, ma spesso mi si è "accapponata la pelle", ho sentito brividi freddi scorrermi addosso portati dai tristi racconti di uomini anziani.........grazie anche a voi!!!!

Il mio libro è nato così, come piccola goccia nell'oceano, come tramite tra noi e le generazioni future.

Mario è solo uno dei tanti vecchi che, mentre raccontano la sua vita, gli si gonfiano gli occhi di pianto............grazie Mario !!!!!!

Maria è una moglie, una madre, che voleva dare a Martina una vita migliore.

La guerra è il demone che spezza ogni cosa.

I luoghi, spesso vicini al nostro paese, prendono nomi diversi per non dare un " territorio " al dolore .....

Il dolore ha sconvolto il mondo durante la seconda guerra mondiale.

Mario è vecchio, come sono vecchi coloro che hanno vissuto la guerra, ma sa che la vera vita deve ancora arrivare.....

Il racconto è legato alla vita di una moto simbolo di un sogno e di tanta passione, ma anche mezzo tangibile, rombo possente che scuote le coscienze per sempre......

....grazie anche a te, splendida moto.

INDICE

www.ingramcontent.com/pod-product-compliance
Ingram Content Group UK Ltd.
Pitfield, Milton Keynes, MK11 3LW, UK
UKHW020237250726
13967UKWH00001B/412